KB270441

청람시첩 3

꽃바구니 자전거

박무성 시집

청람시첩 3
꽃바구니 자전거

초판인쇄일 | 2010년 05월 10일
초판발행일 | 2010년 05월 20일

지은이 | 박무성
펴낸곳 | 황금필
펴낸이 | 金永馥
주 간 | 김영탁
디자인실장 | 조경숙
제 작 | 칼라박스
주 소 | 110-510 서울시 종로구 동숭동 201-14 청기와빌라2차 104호
물류센타(직송 · 반품) | 100-272 서울시 중구 필동2가 124-6 1F
전 화 | 02)2275-9171
팩 스 | 02)2275-9172
이메일 | tibet21@hanmail.net
홈페이지 | http://goldegg21.com
등록번호(제2-4341)

값 8,000원

ISBN 978-89-957817-9-1-03810

청람시첩 3

꽃바구니 자전거

박무성 시집

황금필

오랜 망설임과 방황 끝에 용기를 냈다.

우리에게는 본질적으로 "인생이란 무엇인가?" "어디서 와서 어디로 가는 것인가?" "어떻게 살아야 잘 산 것인가?"하는 질문이 끊임없이 따라붙고 있다. 이 졸시집에 나름의 내 물음과 답에 노래했음을 함께 느낄 수 있었으면 한다.

이 시집에는 불꽃이 아닌 것이 없는 삶이 녹아 있다. 향기로 때론 상처와 썩은 악취로 타오른 불꽃들, 이 불꽃들은 스스로 타는 불꽃인가하면 태워지는 불꽃이다.

제명을 『생명의 불꽃』이라 하고 싶었으나 너무 진부한 표현 같아 작품 중의 하나인 『꽃바구니 자전거』로 정했다.

지금까지 살아온 생을 한 번 쯤 정리할 필요를 강하게 도전받고, 내면에 계신 주님이 주시는 소명의식으로 뭉친 기도 가운데 이 시집이 세상에 얼굴을 비출 수 있게 됐다. 그 분께 영광이 넘치면 좋겠다.

또한 많은 독자들에게 영성과 깁싱, 지성과 인성 및 사회성의 차원에서 뿐만 아니라 역사의식을 갖고 시대적 아픔에 대해 이해와 공감의 지평이 넓어지며 '축복의 통로'가 되었으면 하는 바람이 간절하다.

이 시집이 나오기까지 동행해 주신 주님께 감사하오며, 아낌없이 성원해주신 모든 분들께 감사를 드린다.

2010년 봄

차 례

1부

양말 한 짝 · 12
사람의 풍경 · 13
할아버지 입 함박만하다 · 14
골목길 이야기 · 15
뒷짐 노부부 · 16
밥 냄새 · 17
만원 버스 · 18
둥둥 · 20
희대稀代의 비극과 희극 사이 · 22
햇살이 내 마음을 떠 본다 · 24
고추잠자리 · 26
산수유 골짝마을 · 27
박꽃 · 28
드넓은 들녘 · 29
숨은 그림 찾기 · 31
구름 한 점 웃고 있다 · 32
비질하는 바람 · 34

2부

아코디언 소리 · 38

그리운 황새 · 40

콧물받이 손수건 · 42

폐교에 가다 · 43

담에 기댄 두 노인 · 45

헌 것들의 쓸모 · 47

꽃바구니 자전거 · 48

앵두 따러간 날 · 50

광란狂亂 · 52

숨소리 하나 · 54

원혼제冤魂祭 · 56

야릇한 적선積善 · 58

할아버지와 손자, 그리고 아버지 · 59

바람도 울고 싶을 때가 있다 · 60

성냥 한 개비 · 61

도사견 · 63

으악 퉤! · 64

멱까지 차오른 · 66

3부

추사 · 70

40년 독립가 유형열씨 · 72

할미꽃 한 송이 · 73

무지개를 건 사나이 · 74

마악, 학 두 마리 · 76

바라보면 · 78

이어폰 할아버지 · 80

'미인새' 이신바에바에게 · 82

떠돌이 · 84

백운산 몽타주 · 85

8계절설 · 87

검은 바다괴물 · 88

느림의 촛불 · 90

이 땅 언제나 단잠 이룰까 · 91

나도 사인했다 · 93

4부

기도 · 96

가을 운동장 · 98

이름 석 자 · 100

그녀의 풍금소리 · 101

한 아이 · 102

네 소녀 · 104

랄랄랄 · 105

5부

하리와 하라 · 108

수술대 위에서 · 110

산통産痛 · 112

봉쇄 수도원 · 114

나는 노래를 부르고 · 116

검은 리본 십자가 · 118

하늘 문이 열리고 · 120

■ 해설 / 최광임

생이 다 닳도록 꿈꾸는 사랑과 노래 · 122

1부

양말 한 짝

어둑 무렵
할머니 두 분 내 곁을
지나간다
- 그년이 내게 양말 한 짝이라도
준일 있냐구?
볼멘 할머니 고함에서 피고름이
떨어진다
그 양말 한 짝이 회오리바람에
내 귓속을 파고 뱅뱅 돈다
나는 눈을 감고 전신주에 기댄다
그때, 그 옛날 단벌시절 회오리바람이 걷힌 후
빨랫줄에 목숨 하나 매달린
양말 한 짝이 보였다

수없이 버려진 양말 한 짝
어딘가의 쓰레기통에서
할머니와 나를 번갈아보며
바짝 귀를 대고 바둥거렸다

사람의 풍경

낙엽들
아파트 출입구 한 구석에
문 열리기만 기다리듯 몰려있다
문 열자
떼거지로 밀며 들어온다
모른 척 계단을 오른다
눈에 들어오는 2층 통로에 수북이 쌓인 신문지들
그 집 문 코앞에 오늘도 던져진 조간신문,
흘끔거리며 지나쳐오른다
그간 쌓아놓은 신문더미 위로 옮겨져
누워있는 오늘의 조간신문을 또 보게 되리라
씨부렁씨부렁, 목 안팎으로 드나드는 성난 그 얼굴의
목소리도 길길이 굴러 쌓여있다
아파트현관문을 열심히 밀며 들어와 딘저놓는 사람,
어김없이 마냥 비켜 쌓아놓는 사람이 맞서 돌고 있다

웬 심살까?
누가 이길까?
언제쯤 끝날까?
별난 예고편은 없을까?

할아버지 입 함박만하다

할아버지 할머니들
아기만 보면 사랑 쏟아져
시내버스 안에서조차 흥겹다
지금 저 할아버지 체통體統 구겨가며
맞은편 아기를 향해 몸 뒤틀며 마주 본다
까꿍까꿍… 얼러대며 파안대소破顔大笑다

아기가 웃기 전에 먼저 웃고 두 팔 벌린다
어느새 혀와 손끝이 한 발 앞선다
점점 발로 다가간 욕망,
누구보다 아기엄마의 멍청하던 두 팔도
눈치 챈 아름다운 항복이다

어허 요놈, 하며
덜커덩 덜커덩 거려도 흔들리지도 않고
얼싸안고 두둥실,
우주라도 안은 듯
할아버지 입 함박만하다

골목길 이야기

우리 집 가는 골목길은
도시, 정화수처럼 맑은 변두리마을
옛날 이 마을 터주 대감이었던 가문을 타고
할아버지 적 보리밭뙈기, 개발로
횡재한 이 댁 손자는
내림으로 맑은 햇살을 쥐고 씨를 뿌렸다
노인정과 아이들 놀이터를 내주고 흰 이를 들추는 바
람에
그의 아내는 친정에서 구출한 평상을 닦아
느티나무 아래로 할머니들을 손짓했다

세월도 얽고 찌그러져 버린다지만
마구 버린 형장刑場에서 눈 밝은 그녀의 손에 들려져,
회분 상둥이 함지박 할 것 없이
두름손끝 정 살랑이며 골목길을 살찌운다
왼쪽 길은 채송화 봉선화 나팔꽃이 노래하고,
오른쪽 길은 고추와 상추 호박이 넘실댄다
옛 것은 헌 것이라지만 담 넘어 주거니 받거니,
푸른 물살 목 줄기 흠뻑 흘러내린다

뒷짐 노부부

아파트 후문을 두리번대며 빠져나와
어슬렁어슬렁 노부부가 걷고 있다
영감이 앞서고 할멈이 뒤서며
이른 아침 몇 걸음 떨어져 걷고 있다
가다 쉬다, 쉬다 걷는 걸음
땅이 꺼져 휘청댄다
주저앉는 등허리를 뒷짐으로 괴며
어제 온 걸음보다 축 처져
되돌아가는 터미널 길 위로
부어터진 눈자위가 보인다
채워지지 않은 열린 지갑도 보이고
아들네 집을 나설 때, 콧등도 안 보인 며느리
괘씸하다가도 아들이 더 야속하다 못해
부글부글 뒤끓는 생각을 걷어치우지도 못해
손발로 차내며 머리를 흔든다
그럴수록 옆집 할멈의 아들 자랑이
혈압을 치받고, 명치끝이 막혀
목구멍마저 막혀 숨쉬기 버겁다

밥 냄새

쌀 잡곡 일생 중에서, 마지막
제물이 되어 풍기는 향기
성급하게 밥솥 틈새로 기어 나와
따끈따끈한 소식을 풀고
기뻐, 나불나불 춤 춘다

아내는 한참을 더 기다린다
드디어 주걱질이 시작되고 그 손끝에서
모락모락 김이난다
주방에서 거실로 방방마다
흩어진 식구 자꾸만 불러들이는
밥 향기 소리

식탁에 둘러앉은 낯빛을 찬찬히 챙겨가며
코끝에서 들숨의 줄을 잡고, 기다렸다는 듯이
입안을 넘어가며 씹힌 밥알과 섞여
목숨을 살아내는 힘의 끈기로
생生이 다 닳도록 사랑을 꿈 꾼다

만원 버스

급히 멈춰선 버스 안으로 바둥대며 들어섰다
기둥처럼 뻣뻣한 사람들,
달갑지 않다는 듯 비켜서지도 않는다
사람이 불어날수록 안면근육은 번개 치듯 실룩거렸다
화끈화끈 달아오르는 훈기
숨이 꽉 막혀오는 짜고 매운 내,
내 숨 네 숨이 따로 없다
온통 뒤섞이어 네가 내안으로
내가 네 안으로 빨려 들었다

밀고 나온 검게 탄 때꼽재기 날숨들은
바둥거리며 자취를 감추었다
손잡이에 지그시 눈을 감고 내려다보면
어디서 낯익은 듯 감도는 얼굴들,
총총 거슬러 오르면 우리 족보에
거미줄처럼 얽혀 흐르는 혈관이 보인다

하늘로 닿으면 주님의 손끝에서 흘러나온
한 생명의 물줄기, 놀랍고 반가워 얼싸안고

날마다 함께 가야할 우리가 아닌가?

비록 일과日課에 밀려
잰걸음 치며 모였다가 흩어지기를
시계추마냥 거듭하지만,
오늘도 말없이 우린 살과 어깨를 맞대면서도
비록, 지우기를 거듭하고 있지만….

둥둥

옛날 전쟁터에서
뿔나팔이 울리면 불화살이 날아들고
칼날에 목 날아간 거 알지
그런데, 전쟁을 알리는 치열한 포문처럼
귓전을 자르는 1톤짜리 트럭에서 심장이 멎도록
그 뿔나팔보다 더 숨 가쁜 고성능 확성기 소리 쏟아져

새들은 새끼를 들쳐 업고 날아간 듯
서둘러 떠난 빈자리,
나뭇잎들이 놀라 휘둥그레 두리번 댄다

아, 어쩌면 좋아, 확성기 코앞
미처 닫지 못한 창문으로
낮잠 자던 할머니 흔들의자 흔들흔들
천둥치 듯 깜짝 놀라 뒹구니…

멀면서도 닫힌 창틈이라
내 귀에 그 말끝이 잘 안 들리는 무언가가
자꾸자꾸 달려들며 매달려 반복되는 치열한 외마디,

- 싸구려 싸구려 2천원 ○ ○, …
마음속 귓전을 서글피 때린다

멀리 있던 전쟁터가 내 속에 들어와 으슬으슬 떨고 있다

희대稀代의 비극과 희극 사이

2008년 12월 14일 이라크에서는
부시의 깜짝 기자회견이 있었다
웃어야할지, 울어야할지…
'…작별의 키스다' 벼락치듯 날아든 신발짝,
사담 후세인의 악몽과 삼색 깃발이라는 부시의 길몽
사이엔
아직 끝나지 않은 이라크의 상처로
알자이디 기자와, 부시 사이의 깊은 구렁이 있고
이라크가 깨물려 나간 살점만큼
풀무에 담금질되어 던져진 신발짝,
얼마나 벼르고 벼렸던지…,
단상위로 날아간 신발짝이 그만 포물선을 그었다
얼굴을 향한 직선인 듯 했지만, 부시의 재빠른 동작에
바로 코앞에 포물선을 그었다
던지고 던져도 휘고 휘어져
허공을 치고 신발짝은 나뒹굴고 말았다
승부사로 이름 올리지 못한 그였으나
그 용맹은 하늘을 찌르고 대문짝만하게 매스컴에 꽂혀
삽시간에 파고波高를 탔고

피장파장 부시는 씁쓸히 사라졌다

인터넷시장은 후끈
온라인 게임의 놀이꾼들 숨은 부시를 겨냥하며
신발짝을 던져 승부사의 기질로 배꼽 잡고
두 눈이 충혈 되어가고 있다

이일로 유명세를 탄 악명 높은 분들은
기자회견하기가 등골에서 칼바람 인다한다

햇살이 내 마음을 떠 본다

5월 중순을 가로질러
유성관광호텔로 가는 길은
이팝나무 꽃들이 수줍음으로 살짝 피어
바람을 붙들고 살며시 절을 한다
손을 내밀며 하얀 숨결을 주고 있다
초록 치마폭에 감싸인 가지들,
가벼운 깃털을 달고 날아갈듯 날을 세워
하얀 싸락눈이 어쩌면 저렇게
비상飛翔을 꿈꾸고 앉아있는 걸까?

회색구름이 겉옷을 벗어버리고
흰 속살을 점점 드러낸다
햇살이 내 마음을 떠 본다
꽃그늘이 흔들린다
나비가 날아왔다
몇 푼어치 말로는 감당할 수 없는
침묵이 잠시 흐른다
도깨비 방망이에 홀린 듯
내 안구가 떨리고

차량들의 행렬이 벌떼처럼 몰려와
휘황輝煌하다

바람아 불어라
차라리 너와 나, 서로 어깨동무로
저 이팝나무 꽃을 안고 꽃구름 되었다가
눈송이로 다시 펄펄 내릴 수 있다면….

고추잠자리

마당에서 뛰어 놀던 고추잠자리
무슨 바람이 불어서인지
고추밭에 날아와 슬쩍슬쩍
붉은 고추를 만진다
양이 차지 않아서인지
빛 좋은 개살구라서인지
실망의 눈빛에 잠겨
미친 듯이 날아
솟고 높이 솟아 뱅뱅 맴돌다가
무릎을 치고 눈빛 반짝거린다

고추밭에 엎드린 할머니
곁에 서서 볼일 보는 손자의
개구쟁이 고추를
낮은 보폭步幅으로 만지려한다
아이는 질금거리며 뒷걸음질 친다
진기한 장면을 찍듯,
할머니 웃음꽃 활짝 피었다 사그러진다

산수유 골짝마을

아침에 일어나니 어둑어둑 깡마른 흙밭 길을 건너
정겨운 휘파람 소리,
밤새 쏟아진 별빛들의 속삭임
작디작은 싸라기 같은 꽃잎들 기척도 없이
겹겹 황색바람을 일으켰다

눈을 크게 뜨고 그 바람을 마셨다
마음 맑아져 널려 있는 노란 물을
얼굴에 대고 눈 씻고 귀 씻었다

하늘을 떠밀고 가는 구름도 노랗다
오늘 아침밥은 참외처럼 단내가 난다
스멀스멀 번진 노란 불꽃에
석쇠를 올려놓고 젓가락질을 한다

산수유 꽃잎의 작은 입술들 눈앞에 아른대며
바람에 흔들리는 입맞춤 그리워
노란 나비의 간지러운 날갯짓 꿈틀 댄다

박꽃

박 씨가 심긴 후로
달빛은 지붕위에서 맴돌며
꿈을 꾸고 있었어요
이제나저제나 갸웃대던 그가
연신 붉은 혀로 침을 삭혀내고

새벽마다 이슬은 하얀 입김을 불어대며
입질만하다가
여름 아침 너무나 휘황해
뒤꿈치를 쳐들고
소리 없이 웅성대고 있었어요

그런데 웬 일이지요?
소복을 한 여인들이
아기를 감싸 안고
무릎 꿇은 채
하늘을 향해 날고 있어요

드넓은 들녘

내버려져 거칠고 울퉁불퉁한 황무지 험한 땅을
피땀 흘려 뭉쳐진 근육질로 한 평 한 평
평야를 일궈낸 조상들의 불굴의 노동이여,
쟁기를 꽈악 쥔 손바닥
대를 이어가며 씨 뿌리는 농부들의 분주한 발걸음,
모내기로 뒷걸음질 치며 분주하다
바람도 비켜만 가던 실낱같은 연초록 들판,
모두 벅찬 가슴 꽈악 차서 더 푸르고 드넓어라!

나는 화악 트인 드넓은 들녘을 좋아한다
그저 그런 들녘을 즐긴다
세상사로 거북한 마음속이 화악 뚫린다
저 끝 간 데까지 달려가고픈 충동이 쿵쿵거려,
속살 시원한 바람이 분다
나를 업고 달려가는 바람,
황금물결에 불타는 들판 길을

집집마다 곡물들이 창고에 쟁여져 겨울을 나는데
비가 오면 지게를 지고 넘어졌던

미끌미끌한 논둑 허허벌판 그 길을,

배고픈 겨울바람이 울며간다

숨은 그림 찾기

먹구름만 몰려왔다 몰려가는 황량한 벌판,
눈보라가 휘몰아치는 한랭전선에 바람을 안고
엉엉 우는 송전선이 서 있다
그 울음을 움켜쥐고 나는 달렸다
비잉 둘러싸서 조여 오는 동장군冬將軍
살이 아리고 뼈 속이 쑤셔
얼지 않기 위해서라도 달려야했다

쥐들이 까발린 나락껍질들,
무더기무더기 궁시렁 댄다
길이라곤 움푹 파인 고인 물에 언 발자국 뿐이다
여러 번 넘어질 듯 넘어질 듯 곧추섰다
허공에 나풀대는 강설强雪, 하늘이 품었다가 놓아준
백설 공주들의 축제로 시야가 어지럽고 들떠서
마구 내게 안기는 이들의 포옹은
또 하나의 사랑을 갈구하는 방황인가?
들도 마을도 눈발에 잠겨 내가 찾는 숨은 그림 하나,
얼마나 더 가야 우리 집 찾을 수 있을까?

구름 한 점 웃고 있다

하늘을 올려다보니 봄바다 같다
하얀 구름 한 점 둥둥 떠가며 방긋대고 있다
학교운동장에서 모이를 줍고 있는 비둘기 떼,
한 가장家長인가 보다
유난히 부리를 세운다
제 몫에다 덧셈을 해대며
옆에서 먹고 있는 남남을 골라
미운털을 찍고,
놀라 달아나는 녀석들을 갈아 치운다

억울하게 찍혀 나온 흰 깃털 한 점
쓸쓸히 울고 있다
제 몸집을 부풀리던 대기가
슬며시 그를 일으킨다
지나가던 소슬바람이 두 손을 잡고
부추겨 부웅 띄워준다
그 바람에 둥둥 허공을 떠가며
겁 없이 솟구쳐 난다
아까부터 하얀 구름 한 송이

머뭇머뭇한 시선이 유난하다
가슴 조마조마하며
빙긋이 웃고 있다
꼬마 깃털 손잡아주고 싶어
자꾸자꾸 낮게 내려가려 안달하며
방글방글 웃고 있다

비질하는 바람

바람이 거리를 쓸고 있다
눈살 찌푸리며 지나가던 사람을 보았는지
무심코 버려진 휴지로 속상했는지
휴지에 제 몸의 끝을 대 모래까지 날린다
덩달아 비닐 조각 날아오르다
나뭇가지에 걸린다 까치가 놀라 달아난다
휴지는 지붕위로 곤두박친다

바람에 매달려 애걸복걸하는 깃발 사이로
덜컹거리는 간판들,
상가의 건물들이 떨고 있다
탈춤 추듯 포장마차 팔짓 거세다

한켠 골목집에선 풍물소리 요란하다
양철지붕을 타고 비질하던 바람이
서둘러 마당을 쓸다가 장독대까지 휩쓰는 바람에
빈양동이 장독대와 부딪히고
덜커덕대던 유리창문의 전신파열이 귀청 찢는다

가로수가 밤새 시달리다
내준 가지 하나 목매어 있다

저러다가 사람마저 쓸어낼라

2부

아코디언 소리

매미소리도 지치고 곰삭아
땅밖으로 떨어져 밀려나면,
달빛 머금은 날개로 빚어낸 베 짜는 소리
아낙네도 나긋나긋한 손등 곱게 내젓는다

우리 면面에 하나밖에 없는 학교
교실 세 칸을 털어낸 간이 강당에는
추석명절 구경판이 들어선다
만담이나 신파극 외줄타기도 있지만,
아코디언을 맨 악사는 그 중 최고다
번데기보다 더 주름진 악기,
그 큰 풍금을 이렇게 줄여놓을 수 있다니,
어깨를 흔들며 구구절절 벌렸다 오므렸다
빨랐다 느렸다 흐르는 멜로디,
건반과 코드를 오르락내리락하는 손놀림에 빠져
침을 흘리면, 화음소리
간으로 갔다 쓸개로 갔다 내장을 돌아
허파까지
심장을 멎게 하는 생생한 선율,

모두 다 최면에 걸린다

그사이, 창밖의 단풍잎은 우수수 떨어지며
창안의 궁금증을 풀어내고 이리저리 몰려다녔다

그리운 황새

어느 여인인들 이와 같으랴!

우아한 자태와 생명의 긴 부리,
희고 뽀얀 아름다운 곡선의 긴 목을
살포시 늘였다 숙이며
요염한 붉은 눈자위, 핑크색 감도는
날씬한 긴 다리로 살금살금 걸으며
넓고 푸른 들녘에 잘 어울리는 몸집,
그 사랑스런 몸매와
흰 날개가 검은 색 깃털에 비우니
검정빛이 꼬리까지 감싸며 포개져,
황홀감에 싸인 황새가,
어느 날 사라져버렸다

분주한 사람들이 잊고 사는 동안
들녘 두레꾼들과 섞여 앞서거니 뒤서거니
잊을 듯 잊을 듯 결코 잊을 수 없고
설레며 논일하던 감격들이
매번 기억의 잔등에 올라와 벅차다

우리 모두 입을 크게 벌려 보자
두 손을 벌려 입에 대고
큰 소리로, 마냥 더 큰 소리로
부르고 부른다면,
저들 다시 돌아올까?

콧물받이 손수건

그때는 억세게
문명발상지 유프라테스. 티그리스 두 줄기
강물처럼, 콧물 깨나 흘러 내렸지
앞가슴에 매달은 콧물받이 손수건이
쉴 새 없이 젖어 번갈아가며 흥건했지

지금 생각해보니 콧물은
코에서 흐르는 눈물
양수가 출렁거려 어지럽고
가난에 너무 마른 탯줄, 허기진 배 움켜잡고
그나마 온갖 바깥 세상에 짓눌려
배내에서 다 풀지 못한, 두고두고 울었던 눈물

탯줄을 끊고도 달라진 게 없고
오히려 더 세찬 눈보라에 빈 죽그릇들만 늘어서서
제 살붙이 되지 못하고 서러움에 복받쳐
코로 흐르는 눈물 될 줄이야!

폐교에 가다

폐교에 들어서니
산자의 시간 모두 어디론가 끌려가 사라졌고
죽은 자의 시간만 재처럼 남아
알몸 다 날아가 버리고 껍질만 남아
그립다 그때, 그들의
그림자마저 그립다

쿵쿵거리던 발자국 소리,
창문을 드나들던 글 읽는 소리, 풍금소리,
모두 벽을 뚫고 금방이라도 와르르 쏟아져 나와
운동장으로 달려갈 것 같다
펄펄 흰 눈이라도 내리렴, 와락와락
왁자지껄 눈싸움이라도 벌여보렴
눈사람으로라도 서서 마주쳐보렴

아린 눈을 뜨고 불러본다
몰려다니는 낙엽따라 나부끼는
이끼 낀 벽들의 곰팡내를 쳐내며,
뿌우연 잿가루 날려 애꿎은 씨나락만 까먹는

애틋한 형장刑場의 뒤끝 같은 잔상殘像들도 쳐내며,

어찌하랴, 거미줄에 걸린 저 빈 종소리들을….

담에 기댄 두 노인

12월 중순
길가 담벼락에 기댄 두 노인,
얼굴에 묻은 찬바람 털어내며
두어 모금 햇살에 몸 추스르고 있다
오전 내내 방에서 끙끙 적막寂寞을 차고
기어 나온 발길질의 흔적 미처 지워지지 않은 채,
얼마전만해도 그늘을 풀어 놓고 몸 담갔던 그곳에서
말랑말랑해진 햇살 한 모금씩 발라먹고 있다

눈앞에 보이는 아파트 정원 한 모퉁이
요즘 아이들이 눈 밖에 두고 있는 탓일까?
한 노인의 시선은, 줄곧 감나무의 홍시에 있다
감잎은 떨어지고 그보다 훨씬 무거운 알몸들이
가지 끝에 매달린 달랑달랑한 목숨
아직도 삼십 여개 서로 눈치 보며 두리번 댄다
이들과 마주친 노인은, 두 눈 가득히 홍시를 넣고
오물오물 씹는다
옛날 서릿발에 차인 홍시가 독 속에서 독경을 하며
코흘리개 배꼽 두둑하게 부추겨 주던

그 맛으로 돌아가 이를 핥고 있다

다른 한 노인의 시선은 그 아래 울타리에 얹혀 있다
철모르고 핀 장미꽃 한 송이,
얼굴 가린 손가락 사이로 입술 붉게 타올라
삼삼하게 눈꺼풀 씌웠던 십대시절의 심장이
가냘프게 쿵쾅대며,
뗄 줄 모르고 접붙여져 있다

헌 것들의 쓸모

새 것에 밀리는 세상
우리네 식탁에도 양젖이 빚어낸
육질(肉質)들이 꼬리쳐 아이들 입맛을 달군지 오래다
새 것이라면 사족을 못 쓰던 동생,
새 것의 집산지(集散地) 찾아 도미(渡美)한 동생네 식구들 입
맛은
육질에 더 젖고, 눈빛이 노랗다 붉어져
몸뚱인 하얗게 새살 돋았지만, 얼굴
겨드랑이, 오금부터 팔다리 군데군데
짓무른데 긁어 성난 피부는 딱지 투성이다

하다못해 뿌리치고 떠나온 고향으로
청각을 곤두세우며 걸어,
그 전화 한 통에 불려나온 언니는, 그길로
고추며 깻잎 장아찌 도라지 시래기, 이런 것들을
보따리 보따리 싸들고 우체국 문을 들어서서
깨알 같은 숫자를 눌러댄다
다시 한 번 더 불렀다간 곧장
뉴욕공항을 지팡이로 두드려댈 거라며 중얼 거렸다

꽃바구니 자전거

아들의 얼굴에서 남편의 빛과 그늘을 읽고 있는 그녀다
아들 졸업식장에서 남편의 졸업장卒業狀이
빙빙 떠돈다
향학열에 동경東京으로 온 남편을 뒷바라지한 그녀

그녀는 꽃바구니를 끌고 밤거리를 헤매었고
남편은 어느 야간업소의 출입구에서 그물같이 총총
눈알을 굴리며 진액을 쏟아야만 했다
날마다 피는 꽃들을 모아 각양각색의 꽃바구니를 만들고
곁들여 꽃다발을 끼어 얹었다
두 손 가득, 한 아름만으론 벅차 자전거에 치렁치렁 싣고
지나가는 사람들과 행사장을 기웃거렸다
꽃향내가 리본 속으로 빠져들고
밤공기에 젖어 허공에 맴돌면,
사람들이 몰래 빼간 향기마저 눈웃음으로 채워 넣었다
때로는 가도 가도 메마른 길,
– 시들면 안 돼, 안 돼
말라가는 오아시스에 저린 눈물을
찔끔찔끔 적시며, 걷고 또 걸었다

남은 꽃바구니를 질질 끌며 오는 날은,
얼굴을 쳐들지 못하는 꽃들과 고개만 숙인 채
말머리를 못 찾고, 서로 손만 잡고 있었다
갑자기 퍼붓는 소나기로 입안에 인 거품이며,
눈 오던 어느 날, 남편 곁을 곁눈질로
마주쳐 흔들던 손에는,

지금 아들의 졸업장을 들고, 눈물로 얼룩진
남편의 졸업장이 아른아른 쥐어져 있다

앵두 따러간 날

앵두를 따다 고개 쳐들면
하늘에 앵두 밭이 옮겨져 있었습니다
태양은 자취를 감추고
초록색 나뭇가지마다 초롱초롱 박힌 앵두 알들,
내 눈은 동그래져 바라보았습니다
그 옛날 우물가 바람난 처녀들이 들레지 않고
희끗거리며 소곤대는 붉은 앵두입술,
엿듣고 싶어 까치발로 귀 대보았지만
턱없이 짧아 고개를 돌리곤 했습니다

집으로 오는 길은 앵두 알이 더욱 깊게 번져
이 나무 저 나무로 옮겨 붙어,
숲을 물들이고 있었습니다
플라타너스, 은행나무 가로수에도
초록 옷고름에 빨갛게 익어 시고 달콤한 맛이
다닥다닥 불붙는 입술로 숨 가쁘게
가슴을 젖히는,
애틋한 사랑의 눈짓을 보았습니다

돌아와 손을 씻다
손끝에 잡혔던 앵두들이
지워지지 않고 자꾸만 자꾸만
빨갛게 내민 얼굴로
이미 내 옷깃에 물든 연인의 입술처럼
햇볕에 그을린 내 얼굴을 보며
반갑다고 소곤거렸습니다

광란狂亂

절벽에서 까치독사를 만난 새의 눈알 같았다
상공에는 내 눈알을 노리는 독수리 떼도 있었다
너무 일찍 끌려가 쓰러진 전쟁터에서
일어나 달아나려고 한 나는
10개의 다리로도 모자랐다

폭격과 총구가 불똥을 튀기며
무너져 내리는 건물과 주검들이
피를 토하는 것을 보았고,
밤낮 없는 굉음이 하늘로 치솟는 걸 보았다

타다 남은 잿빛 노을,
허기지고 갈 곳 몰라 떠돌다가
하늘을 태우는 불구름 떼와 부딪혀
독수리 같은 부리로 제살을 찍고
소리 없이 질러 대는 마른 번갯불들은
하늘을 불칼로 마구 그어대며
몽땅 태워 버릴 듯 이리저리 날뛰고
그 칼질에 녹아내리는 검붉은 잿빛하늘,

별들은 숨어들 곳을 잃고
빙빙 떠돌았다

아직도 지워지지 않는 그 피비린내 이는 재채기로
코를 쥐고, 마른 번갯불에 눈 멀어
내 주먹은 허공을 치고 있다

숨소리 하나

늦은 밤 TV 화면에서
쇠북소리 앞세워 사열하는 히로히토 천황
붉은 태양 깃발이 이글대며 출렁이고 있다
총구들이 차렷 자세로 크게 아귀를 벌리고
멀쩡한 젊은이가 펴든 손 높이 천황 거란다
한줌 재 되는 것도 애국이라는 최면에 걸린 신도信徒
지구가 몇 동강나도 히로히토만 살면 된다며
땅 바다 대기가 부글댄다
대륙을 향해 물둑으로 짓이겨 흐르는 핏물
온통 불꽃에 하늘도 쓰러져 타고 있다

TV 끄고 눈을 감는다
몸 안으로 새고 있는 핏물
조선의 7년 왜란, 귀 코 잘린 무덤들이 둥둥 떠온다
손발이 묶여 끌려갔던 내 누이의 찢겨진 아랫도리,
치마폭 얼룩진 핏자국이 뚝뚝 떨어진다

다시 TV를 켜고 목을 늘인다
저 광신의 콘크리트 늪으로 달려드는 천지개벽의 굉음들

한꺼번에 삼킨 버섯구름, 찬란한 꽃구름 뒤로
튀는 재와 타다만 몸뚱이들,
치솟는 내 형과 아우들의 혼령
그 튀어나온 눈알, 소리 지르다 잘린 혀들이 둥둥 떠
온다

폐허위로 찾아든 봄 발걸음의 외로움
그런데, 아무도 없는 숨소리 하나
오호 놀라워라, 어느 틈엔가 새싹 은행잎 한 그루!

원혼제 冤魂祭

죽은 자들의 모임에서
검게 흙먼지 주름투성이 얼굴들이 보이고
땀방울 빗방울 되어 떨어진다
등허리가 헐고 어깨가 깨져 구더기 우글대는,
손발이 문드러지고 갈비뼈 앙상한 저들
다리 저는 원혼冤魂들이 죽어가는 목소리로
아우성 친다
세월 흘러도 아물지 않은 상처,
이번만은 산자들을 꾸짖기로 한다
그들이 지낸 막장을 보이고, 명단도 캐어 보였으나
본척만척 아니라고만 우긴다
일장기를 찢다가 태우며 피켓을 들고
웅성거렸으나
불경不敬을 저지르고도 뻔뻔한 산자들은
일장기를 걸고 회전의자를 돌렸다

얼마나 더 큰 파장 일어야 저들 마음에 가 닿을 수 있
을까?
발 동동 구르고 흘러간 수십 년,

이제 그들 가슴이 겨우 하나 둘 열리는가?
도쿄 한 사원에서 기도하는 한 노인 사이로
산자를 향해 꾸짖고 있는 6830켤레의 신발들 보인다

제 올리는 산자들이 가슴을 치고 쏟는 그 눈물
얼마나 담아져 하늘보좌에 오를까?

야릇한 적선積善

길도 잘 골라 걸어야한다
하루를 걷다보면 잘못 디뎌 낭떠러지에서 구르고,
숲속을 헤매다 덫에 걸려 짐승같이 발목 부러져
헤어나지 못하기도 한다

길 가다가 스치게 된 사내,
누군가에게 맞았는지 얼굴이 붓고 코피 흐른다
나에겐 그 맞은 일이 알쏭달쏭한 코피
그의 풀리지 않은 억하심정抑何心情은
종로에서 뺨맞고 한강을 넘으며 눈 흘겨야하는데,
머리끝까지 스민 부아통을 던져 박살을 낼 사람을
부랴부랴 길거리로 나와 찾아내야 하는데
그것도 모르고 무심코 걷고 있는 나는, 느닷없이 걸려
들어
그의 피 묻은 손이 덥석 내 옷자락을 덮치고
미안한지 슬금슬금 달아나버린다

스스로 풀지 못한 얼크러진 실타래,
그의 북이 되어 준
나는 때 아닌 적선積善에 야릇해진다

할아버지와 손자, 그리고 아버지

할아버지를 보지 못한 손자
아버지를 보고 할아버지를 알았다
기르던 개보다 못한 아버지의 아동기를 보았다
개 먹이를 목숨 걸고 챙겨야했던
아무리해도 할아버지의 마음을 살 수 없었던 피고름
그 혹독한 뭇매를 보고
감 잡을 수 없었던 아버지의 주름을 읽을 수 있었다

점점 할아버지가 무서워지는 손자
점점 아버지가 불쌍해지는 아들
한 사람의 손자 속에 두 사람이 번갈아가며
화면이 바뀌고 있다
할아버지의 무서운 눈 꼬리와
하늘로 치솟는 매손
보이지 않았던 것을 붙잡고 놓을 수 없는 손자는
도저히 지울 수 없어
지우개를 찾으며 토할 수 없느냐고
울며불며 아버지의 품에 안겨 한바탕 뒹굴었다

바람도 울고 싶을 때가 있다

바람도 울고 싶을 때가 있다
제 안에서 울고 있는 소리를 참지 못해 밖으로 내밀고
가까운 산으로가 아무데나 널려있는
솔가지 부둥켜안고 울어댄다 엉엉
소리소리 질러도 풀리지 않아 바다가 놀라 요동친다
비바람 폭풍우는 눈시울을 파묻고
눈물범벅 된 얼굴을 닦는다

바람도 울고 싶을 때가 있다
몰려오는 슬픔을 참느라, 멀리 어디론지 달려 나가
당도한 사막의 구석에
털썩 주저앉아 발버둥 쳐 본다
뿌연 모래먼지가 인다
지구촌 곳곳에서
낯 뜨거운 사람들의 아우성 빗발친다

성냥 한 개비

코앞에서 훨훨 대는 불길을 보았는가?

성냥개비 하나가 숲에 쌓인 가랑잎 눈을 노리고
한 대 쥐어박은 불사위로 내림굿 벌인다
숲은 뒹굴며 불똥이 불똥을 주워 먹고
산이 산을 삼켜대는
만 평 백만 평도 모자란 불기둥,
한 입에 다 털어 넣어도 시원찮은 부릅뜬 얼굴
예전엔 순하던 바람마저 불더미를 부추긴다

해마다 진달래 철쭉 불꽃축제 환하게 지피던 숲길
쩡쩡했던 산마을 고향이 펄펄 끓는 불바다다
새들도 일순간 사라진 지도다
햇살에도 바람에도 시커넣게 불티로 날리는 생명들,
발밑에서 머리끝까지 탄재로 남은
까만 심지가 가슴을 친다
천 년 범종소리, 불탄 석인石人도 민둥산으로 몰려와
휘이휘이 아우성으로 떠 돈다

누가 와서 염할 건가
온몸이 그을린 소 한 마리 잿더미 위를 어슬렁대고 있다
성냥 한 개비에도 움찔대다 펄펄 뛰는 사위四圍의 불산을
껴안는 남은 자들의 핏빛눈물,
달음질로 오실 시급한 은혜의 빗발이여!

도사견

일제의 방만한 사냥꾼들의 총구에 올려지고
6.25 전란을 거쳐
백두산호랑이도 사라진 이 땅에,
승자독식勝者獨食의 폭풍우가 불고
도사견이 사정없이 짖어댔다
어둠을 깨물고 늘어져
살점이 뜯기고 뼈가 으스러졌다
약자가 아닌 그가 약자로 굴러 떨어져
피바다, 아무리 손가락을 펴고 손톱발톱으로
가슴을 후벼 내 보여줘도
그들은 그의 알리바이에 먹물을 퍼부었다

싸늘한 밤공기가 살얼음판이 된 하늘이여,
그날 밤, 울부짖던 울음은 어디로 갔을까

컹컹대며 달려든 도사견,
하늘의 살점도 떨어져 뚫린 구멍으로
붉은 비 쏟아지고,
박헌영의 갈기갈기 찢겨 부릅뜬 영혼이
슬프다 못해 구천을 떠돌고 떠돌았다

으악 퉤!

측백나무 개나리 찔레나무
서로 번갈아가며 제 꽃을 먹여주고 사는 울타리
그 길가로 모여 사는 잡초들
냉이 꽃 하나를 사이에 두고
흐뭇해하고 있다
마악 개나리꽃 저물어 가는데,
대여섯 걸음 그 너머 돌 틈에서
민들레꽃 한 송이 화알짝 웃고 있다

어디서 왔는지 나비가 뱅뱅 돌며
농장을 둘러보고 있다
바람결로 저 풀잎에 묻은 꽃향내 먹어 볼까
내려앉을 듯 앉을 듯 하다가 코끝만 살짝 대고
늙어버린 냉이꽃을 지나쳐 사라진다
금세 다시 날아 와 상큼상큼 바람을 잡고
맴돌다가 눈 마주쳐
돌 틈의 민들레꽃을 화들짝 반긴다
살짝 내려앉아 긴 입술대롱을 넣고 가슴을 빤다
얼마간 허기를 채우며 젖는 향기에 취해 있다

웬 구둣발 소리, 놀란 나비는 허겁지겁 사라지고
느닷없는 으악 퉤— 몽근 가래 한 바가지,
애꿎게 민들레꽃 얼굴에 꽂혀
바짝바짝 땡볕에 시들어 가네

멱까지 차오른

밤 TV 화면 끝자락을 이글이글 태워놓고
조간신문 한구석 물고 늘어진 독사의 이빨자국
예순 넷, 할 일도 식구들도 사라져
외딴 섬 같은 사막의 외로움
에라, 그까짓 사랑 같은 건 걷어차고
노모와 함께 애완견에 얹혀 살아가는 그이
밖으로 나왔다

그가 나온 오후 시간은,
그전에도 개 목줄은 보이지 않았고
여기저기 쑤셔 넣은 개똥의 얼룩으로 뒤덮였던
이웃사람들과 부딪힌 찰나로
상대가 거는 시시비비가 경련을 일으켜
극에서 극으로 달려가, 닫힌 문으로 치받았다
오고간 고성高聲의 고압선에 타고 탄 잿더미

쓰러진 상대방의 등허리에 박힌 옹이가
비틀비틀 넘어지면서 남긴 쿠웅 웅덩이가
그의 손에 잡혀 휘둘러진 농기구가

물고 늘어진 독사의 이빨자국들로 붉게 널려 있다

땅거미 지는 막다른 골목, 쓰러진 세상인심에 물린
이웃을 안고 벅벅 기어 달렸어도 어기찬 비보悲報에
멱까지 차오른 어둠의 끝자락을 안고
지축地軸을 흔드는 거리는 마구 술렁거렸다
하늘의 별들도 몹시 출렁거리며
거꾸로 처박혀 무수히 쏟아져 내렸다

3부

추사

사색당쟁四色黨爭으로 검게 탄 마음들이 쏟아낸
어둡고 긴 필설筆舌들,
오물이 된 그 물들 궁궐에서 서원書院에서
너무 오랫동안 흘러 이 마을 저 마을
들 강 산 걷잡을 수 없었다
갈수록 병 주고 상처 입혀,
사대부들은 간이 상하고 위장이 헐어
피를 토했다

정신이 물리고 뜯긴 자리로
매란국죽梅蘭菊竹도 시들어
보다 못한 번민의 하늘,
하얀 천사들 보내어
며칠을 두고 눈이 내렸다
그간 아무데나 흘려 놓은 배설물들,
떠도는 악다구니 진흙먼지를 덮고
사람들의 눈과 입, 손발마저 꽁꽁 묶어 버렸다
산야山野를 제자리에 눕혀 모두를 재웠다

새로 시작하라 새로 시작하라
추사는 밤새 붓을 들었다
천지는 고요로 가득 차 있다
죽은 듯 상막한 세상 하늘을 받쳐 들고
푸른 솔 잣나무 네 그루가 외딴 초가 한 채 지키고
한 제자 머리에 맴돌며
붓질하는 추사의 부릅뜬 두 눈만이
초롱초롱 별빛으로 떠있었다

·40년 독림가 유형열씨

밤마다 20만 그루의 나무를 안고 잠드는 나무할아버지,
눈비비면 먼저 나무를 쓰다듬고 그 등 뒤에서 웃고 있다
자식들을 키워낸 그 팔로
다독다독 나무심기, 가지치기, 솎아주기
사십년 세월, 손자 키울 나이에
자식 같은 삼십오 년 잣나무의 가슴둘레를 재고 있다
빼곡히 밀려오는 나이테에 귀 대고,
그 심장소리와 숨결을 듣고 있다

톱밥과 흙을 섞어 산으로 돌려보내는
그의 심장은 둘 인가보다
나무를 사람처럼
사람도 나무처럼
껴안고 살아온 가슴
늘 푸른 꿈을 마신다
지금도 삽질하는 그의 동맥에서,
황무지가 푸른 숲으로 일렁이며
훈훈한 고동 솟구치는구나

할미꽃 한 송이

둑길 따라 신호등 넘어 줄곧 오르면
시내버스 터미널에 닿지요
그길 위로 아침마다 피어나는
할미꽃 한 송이 피었다가 곧장 사라지네요
연두색 조끼로 갈아입기가 무섭게
비와 쓰레받기를 들러 메고
구석구석 처박힌 쓰레기며 사람들이 흘러버릴
쓰레기까지 다독거리며,
길거리 주위에 꽃씨를 뿌리네요
햇살을 송송 쓸어 넣고 단물을 주네요
그 예쁜 손때 묻은 호미질,
봉선화꽃물 곱게 깃든 연분홍 손톱으로
그분이 잘 가꿔놓은 삶의 화원을 거닐어 보지요

나이는 숫자에 불과해요
이마에 송송 솟는 구슬 땀방울,
지나가던 햇살이 박수를 치며 찬미를 올리네요
날마다 아름다운 환희가 예쁘게 번져 곱게 물들어가네요

무지개를 건 사나이

두 다리를 괴고도 일어설 수 없는 장애와
틈틈이 만화로 입히고, 얼싸안고 살아온 세월
수제비 잘 뜨던 그 사내
몇 자 안되는 벽과 좁다란 창, 반찬가 전부인,
어디를 보아도 그가 보는 세상은
몹시 흔들리고 차가웠다
심심풀이로 방안에서 하늘을 뒤졌지만
겨우 창문 끝에 매달린 손톱만한 자락일 뿐,
누가 방문을 열 때면 생기가 넘쳤다
밤마다 청동거울에 비친 하늘우물을
껴안고 퍼마신 감로수甘露水

오직 그의 낙樂은 TV안에서
밖으로 난 길을 걷는 것,
그 간절함, 그러다가 나는 법을 배웠다
머릿속에서 가슴으로 밀려드는 번쩍임들,
너무 벅차고 버거워 화필을 잡고 하늘로 향했다
붓 끝에서 장밋빛이 무지개로 하늘에 걸려
서울 인사동 고개를 넘고 넘어

뉴욕 맨하탄 갤러리를 꽉 채운 인파,
두 다리 멀쩡한 이들의 눈이 휘둥그러지며
그의 화폭에 걸려 넘어졌다

마악, 학 두 마리

비틀어진 입술에 새고 있는 말소리
새는 바람을 누가 잡아 손질해줄까
손가락이 모두 말라 곱고 곱아 버려진 것을,
푹푹 울기도 많이 하였으나
발가락만은 버려지지 않아 큰 울림이 되었구나!

발가락이 손가락으로 변해가는
닳고 닳은 반복의 끈질김
그럴수록 자지러지게 가들거리는
그의 장밋빛 얼굴,
발가락으로 지은 밥상의 즐거운 수저질
그 손으로 머리를 감고 잘 다듬어
다시 태어나고, 또 태어나고
주길 좋아하는 그가 덧셈을 잘 하여
종이접기로 태어나 방에 가득 쌓인 발가락 땀자국들,
사람들이 몰려와 틈새시장을 이루는구나

종이가 나무였던 시절의 꿈이
그의 가슴속 절벽에서 부화되어

500장의 종이로 깃털 하나하나 접힌 학 한 마리,
함께 날기 위해 몇날며칠을 품고 살았던가
종이접기를 가르치는 꿈으로 빚은 수천수만의 반복,
드디어 이뤄낸 자격에
마악 들어 올린 비상飛翔의
날개로

그 끝 간 데로, 사이좋게 날아가는 학 두 마리

바라보면

태양이 반 고흐의
머리통을 휘감고 흔들 때,
현기증 대신 불끈 그를 삼켰다지요
온몸에 이글대는 빛발투성이 열기로
정신없이 신화神火를 그렸다지요

눈에서 태양이 멈추지 않고
밤마저 타고 있어
발길 닿는 대로 그 빛을 빨아대며
눈길 닿는 대로 황금색이 녹아 내렸다지요

자주 지구를 떠나 외계에 떠돌며
영혼은 항상 꿈꾸듯 몸부림치고
꿈틀꿈틀 녹아내린 물감으로
붓끝은 하늘을 들었다 놨다
푸르뎅뎅 붉게 맞장구치고
더 진한 노랑을 튀기며
태양과 신접神接한 영험靈驗을 그렸다지요

멀리가까이 아늑한 것도 꿈틀대며 숨 가빠서
모두 다 춤추는 태양빛 바다
뜨거운 막바지 불길로 솟아올라 나풀대며
귀 잘린 영혼은
이글이글 아지랑이처럼 하늘 오르고,
지글지글 끓는 제 머리통을 베고
잠 못 이루었다지요

이어폰 할아버지

그는 여러 번 뱃길로 그물질을 하다가
격랑激浪에 부서져 널빤지 하나 붙들고
혀끝이 세 치나 빠졌다
울근불근 솟는 지나간 날들을 갈아엎고
뭍으로 나와 공사판을 떠돌며
우회도로를 내기위해 곡괭이질 하였다
벽돌공 미장이 궂은일 마다않고
사글세를 면하고 전세로 갈 때에는
두둥실 어깨춤 추었다
비록 산동네지만 집들이하던 날,
버젓이 문패 달고 껑충껑충 뛰던 일 엊그제 같은데
허리 굽고 무릎에 찬바람 들었다

나이 들어 아파트 경비직도 감격이라
날마다 아침 출근길 가볍다
아직 남은 청각에 벅차오르는 이어폰,
MP3에 담긴 100곡이 넘는 트로트
부르고 불러 닳고 달은 멜로디,
200곡을 채워가는 발장단,

젊어지는 발끝으로 멜로디를 감싸며
경쾌한 스텝으로 빙글빙글 돈다
혀끝을 굴리며 흥얼대는 노랫소리,
춤바람 일으키며 이웃의 어깨로 차오른다
장단들 들썩이며 물결치듯 흘러나와
가로수 우듬지도 살살 깨어나 길을 트고,
담장너머 흥에 겨운 아낙들 손을 잡고 흔든다

'미인새' 이신바에바에게

엘레나 이신바에바여,
당신의 신화를 사람들은 즐겨 읊고 웃고 울고
언제부턴가 우리의 높이를 넘어
상상의 날개로 자꾸 다시 태어나서 날던 그대여,
휘청거리는 동선動線의 최고 높이로 날아다니는 것은
모두가 흠모欽慕했던 그 길 아니었던가

나의 날개여,
당신의 몸에 실려 그 날개로 나도 날던 그 길은
높고 길게 휘어져, 가슴 내민 손끝에 닿아
맑은 산소 같은 청정淸淨의 허공에서
길게 마셔본 대기大氣는
내안에서 신비롭게 꿈틀대며, 매번
나도 긴 장대 들고, 어깻죽지에 새 날개가 돋아
날게 됐지

'미인새' 이신바에바여,
사람들의 찬사를 들으며, 베를린 하늘로 힘차게
높이 날아 다시 보여주고 싶었던 그대의 날개는

그만, 땅바닥으로 떨어진 채
들썩인 가냘픈 흐느낌으로 모든 시선이 몰리고,
꺾인 날갯죽지 사이로 나도 땅을 치며 들먹였지

높이 날던 새가 앉았다 날아간 자리에서 꽃가루 난다
아름다운 향기도 날아, 우리가 마시고 취했던 것은
영원히 내안에서 춤추리라

떠돌이

고향이 버려 결국 등진,
그러다가 부모마저 버리고 등진 나그네

남극 대륙과 한 몸이었던 빙산이
하나씩 하나씩 떨어져 유랑하며 사라진다
처음엔 눈썹 하나씩 떨어져 나가는가 했더니
손가락 발가락이 문드러져 나갔다
온몸이 불꽃처럼 타오르고
진물이 나는 것이
활화산 분화구처럼 보였다
귀도 코도 짓물러 뭉텅뭉텅
얼굴도 무너졌다

이들을 누가 버렸나
주소도 거처도 없이 떠돌다 사라지는 저들,
몸도 맘도 문드러져
사라지는 저들 붙들고
다시 고향으로 불러들일 수 없을까

백운산 몽타주

사람들이 고로쇠나무와 소통하는 건
너무 잔인하다
우수를 지나면서 도끼날로
몸통을 찍어대던 시절도 있었다
여기저기 설움을 토해내고 있는 흉터의 몰골
지금은 나아졌다고 하지만
핏줄 깊숙이 구멍 뚫고
고무호스 박아 통을 들이민다

그들 온몸을 속속들이 뒤져
애간장은 물론 염통의 붉디붉은 피를 훔친다

겨울과 부딪히며 고달픈 뱃가죽을 붙들고
허기진 시간들을 지나온 고로쇠나무,
오는 세월은 더 만만치 않다
발이 꽁꽁 묶인 채, 세상에서
가장 약자인 크고 굵은 고로쇠나무들은
호랑이 입처럼 벌린 사람들의
검은 뱃가죽을 채워주느라

줄줄 피를 흘리고 있다
봄마다 울고 있다
속 말라 어지럼증에
백운산이 쓰러질 듯 쓰러질 듯
울부짖고 있다

8계절설

우리나라의 봄. 여름. 가을. 겨울이 변했다 한다
전과 달라 종잡을 수 없다 한다
겹물결치고, 숨바꼭질로 널뛰기놀이에 빠졌다 한다
그 바람에 매화 산수유 개나리 벚꽃 진달래
라일락꽃들이 왁자지껄 맨발로 뜀박질하며
봄인가 했더니, 여름더위가 무더기로 퍼붓고
여름인가 했더니, 슬그머니 봄아가씨 얼굴 내민다
그녀도 땡볕에 자리 내주고 사라져
세상은 온통 비치파라솔로 채우고도 비좁다

초가을 문턱을 넘어서면서 느닷없는 널뛰기로
꽁꽁 바람에 묶여 오들오들 사지가 외투를 찾는다
뒷심 풀린 싸늘한 단풍바람
푸른 하늘을 밟고 낙엽소리에 기울인 귀,
또 다시 달려드는 눈보라에 눈발 쌓인다

겹물결치는 바람에 서로 얼굴만 쳐다본다
그들도 뭐가 뭔지 벙벙하여, 알듯알듯 모른다 한다

검은 바다괴물

뜬 눈인데도 코 베가는 세상
눈뜨고도 유조선을 받는 세상
태안 바다사람 어쩌라고
어쩌라고, 이렇게 객기客氣 부렸는가
눈뜨고는 차마 볼 수 없는 비통함이여,
먹물처럼 검은 피고름 속에
굴 바지락 전복들의 떼죽음
퉁퉁 부은 눈물로
혼절昏絕한 넋이 떠도는 바다

– 숨구멍 막혀 헐떡거리는 바다야
– 정말 미안하구나
– 바람아 불지마렴
– 가의도 저 선을 제발 넘지마렴

밤새
검은 상복을 입고 통곡하는 태안 바다

– 새야 저 검은 띠는 불을 보듯 죽음이란다

- 먹지도 말고

- 밟지도 말고

- 가지도 마렴

느림의 촛불

촛불을 내쫓고 호롱불이 나서더니
전등불이 호롱불을 제키며 밤을 낮으로 선포했다
고속으로 달리는 하루의 몸집을 키웠으나
좌충우돌左衝右突로 야위어만 갔다
온 천지가 촛대 하나도 가눌 수 없는 체력은
새벽마다 술주정뱅이들의 발에 차이고

제한 속도를 먹어치우고도 눈이 빨개져 질주하는 차량들,
속도가 속도에 치여 상처를 입고
그 상처는 어둠을 싣고 중환자실에서
영안실로 사라지는 쓸쓸한 실루엣

눈만 뜨면 '빨리빨리…', 말들이 줄줄이 쏟아진다
망가져 내리는 산천의 아픈 허리 안아줄 가슴이 없구나!
마구 밟아 겉돌며 무너져 기어를 내리고,
겨우 발자취만 남겨놓을 밝기의 촛불로
지구촌 사람들이여, 촛불을 태워 길을 비추는,
우리 모두의 마음속 촛불을 들고 느릿느릿 걸으십시다

이 땅 언제나 단잠 이룰까

타고 있는 것들은 불이다
지금 산 사람들의 호흡은 불이다
밤새 폐부를 드나들던 대기는 들뜬 돌가루,
불에 붙어 모든 영혼을 태우고 있다
왜 이토록 불면不眠을 이루는가
하늘이 푸른 잠의 날개를 펴면
우리도 잠들 수 있을 터인데

깜깜한 밤하늘 지축을 뒤흔드는
아직도 여진餘震으로
산천초목도 떨고 있다
부서진 건물위로 멍든 잔해殘骸 부서져 내리고
주저앉고 눌리고 묻혀 울부짖는 사람들,
땅은 어지럽게 갈라저 건널 수 없는 깊은 계곡이다
타다 남은 나무들 쓰러져 있다
널브러진 산천山川
한 뼘도 도울 수 없어
주저앉아 발만 구른다
우왕좌왕 몰려다니는 구조대원들,

그나마 산자들의 손길이 하나 둘 보태져
날을 밝히고 있다

바짝 하루가 멀다 하고 들끓는 아비규환阿鼻叫喚
이 땅 언제나 단잠 이룰까?

나도 사인했다

사람들은 스승이 없다는 세상에 살고
선생마저 사라져 갔다고,
참새들이 짖는 입방아소리가 스쳤다

그렇다고 깽판쳐도 좋다는 건 아니겠지
세상은 어른들마저 애들처럼 떼쓰는 통에
떼법 당할 장사壯士 없다하니,
아무래도 우리 모두 쓰러질 것 같다
스승이 없다면 사람이 아니더라도
스승자리에 올려놓을 게 없나?
요즘 느림보 족보에 올라있는 달팽이를,
스승으로 모시자는 그럴싸한 운동에 난 열광했다

그들은 얼굴 붉히는 일 없겠다
하나 둘 셋… 구령 없이도
일상을 잘 꾸려가고 있겠다
비오는 날 맑은 날 가리지 않고
언제 어디서나 좋다하며
움막을 지고 다니다가

아무데나 부려놓고도 주름지지 않는 얼굴이겠다
언제나 오순도순 흐뭇한 말소리
덥다 춥다 않고 있는 그대로 먹고 자고 꿈꾸며
살아가는 그들이 부럽다하여,
그래서 우리의 스승이 돼달라는
청빙서請聘書에 나도 사인을 했다

4부

기도

학교 운동장을 지키는 개나리울타리가
플라타너스의 커다란 몸집 사이로 줄서 있습니다
작고 후리후리한 똘마니로 깔보여
개구멍이 생기고, 곧장 언덕배기 길로 다져져
아이들 미끄럼틀이 되었습니다
그래도 참았지만,
더욱 운동장 아이들 발길질 먼지로
온몸이 덮이고 모래바람도 쌓여
눈물마저 통통 부었습니다
손발이 꽁꽁 얼어도 이를 악물고
하늘 한 번 햇살 한 번
옆집 산수유나무도 찬찬히 쳐다보고
온몸을 비벼댔습니다

어깨를 토닥이는 보슬비로 목을 채우고
맑게 갠 하늘,
보드라운 햇살만 골라 먹었습니다
산수유나무의 발 빠른 소리에 눈을 떠보니
노오란 별꽃들이 속삭이며 반짝였습니다

개나리울타리는 조급증에 걸려 기도했습니다
어서 온몸에 꽃망울들이 다시 태어나
아이들 눈망울을 노오랗게 노오랗게 색칠하는
소원풀이 기도를 드린 겁니다

가을 운동장

밤새 비로 아침 운동장이 질퍽질퍽
찌푸린 날씨 아랑곳없이,
반마다 제 눈맛대로 티셔츠를 맞춰 입고
일기예보를 믿고 열린 체육대회,
갑자기 휘황찬란한 쌍무지개 하늘에 열려있고
운동장엔 형형색색 꽃들로 가득 차있네요
세찬바람에 꽃대들이 흔들흔들 모둠발 줄넘기며,
둥글게 둥글게 훌라후프도하고요
부채꽃들 멋들어지게 춤을 추네요
노오란 우산꽃들, 대국大菊이 피었다 지듯
펴졌다 접혔다 꽃동산이 춤바람에 하늘거려요

북 장구 꽹과리 징소리
와－하 와－하 왁자지껄
400미터 계주 때에는 하늘이 떠나갈듯
지나가던 차들도 놀라 멈춰서고
벌 나비되어 사람들 훨훨 날아왔지요

단풍들이 하늘하늘 낙화하는

가을 운동장에 가득 핀 꽃송이들
벌 나비들 몰려와 한바탕 벌인
두고두고 잊지 못할
대낮에 별들도 놀라 구경나온
예쁘게 핀 꽃들의 잔치네요

이름 석 자

어떤 이는 웃고
어떤 이는 운다
자기가 지어 부르지 않고,
남이 지어준 것이 속 깊이 박혀있다

한 씨 성 가진 아이 '아름'이가 어울린다고?
이 씨 성인데, '하나'라니!
김 씨 성을 가진 얘가 '새네'라서 찡그린다
손 씨라서 '수건'이라 지었는데,
제 이름과 잘 어울려 살아갈지…
이 씨라서 '기세'라, 철부지 땐 웃었지만
이기기만하고 산다면 행복할까?
박 씨 성에 '아지我知'가 참 어울려 좋다
최 씨라서 '고야'라는 이름으로 웃고 있다
어떤 애는 '시발始發'을
'씨발'이라 불러 대서 울고 있다
전全씨에 '우주宇宙'라는 사내아이,
왕王씨에 '태양太陽'도 배꼽 잡을 최상급 이름이다

모두 다 제 이름값으로 살기나 할지

그녀의 풍금소리

화장실에 앉아 변기통을 생각하면
떠오르는 자모子母의 얼굴,
그 학생의 아름다운 손
예쁘게 낀 고무장갑이 보인다
― 변기가 막히면 곧장 이걸 끼고 뚫어라는
그녀의 풍금소리 들린다

그 녀석 엄마 말 잘 듣고
변기통 껴안고 살기를 즐기더니,
친구들 마음밭 잘 일군 품값인양 멀리 유학을 떠났다

더 많이 배운 공부가 궁금하지만,
이건만은 굳게 믿고 싶어진다
언젠가 더 밝은 낮빛에 고무장갑 곱게 낀 손과,
무릎 위까지 고무장화를 신고, 부르튼 발바닥
화면 위로 떠올라,
나도 두 손 흔들고 와락 안아 줄 날 있겠지

한 아이

학교 현관 로비에
나름대로 특성을 담뿍 담아
이게 꿈이라고 제각각 목청을 펴 올리고 있다
한 여학생이 눈 부릅뜨고 소리친다
사진 속에서 손가락질로 자신을 뽑아들고
똑똑히 이게 '자신'인 것을 거부한다
기분 나쁘게 헝클어진 이목구비耳目口鼻
게다가 안 먹힌 사진발로 짓이겨 논 것이라고,
맨 앞줄에 앉았던 탓인가
이렇게 들춰질 줄을

방안퉁수가 깔아놓은 멍석 안으로 불려나온 듯
당황하며 사나워진 심사心思가 파도친다
남들 앞에서 제 얼굴이 까발려져
가슴속에는 뜨거운 시선들이 웅성거렸다

내가 보기엔,
사진 속 교복 입은 얼굴이라곤
완두콩알 만한 새까만 군상群像이라

그게 그 애 같은데,

그 애는 스스로 비교의 대상對象에 둘러싸여

자신을 향해 뭇매질하고 있다

네 소녀

거울 속에 숨은 네 소녀
내 기침 한 마디로
걸어 나올 수 없다는 걸 알고
피리를 불었다
모두 머리에 빨간 리본을 꽂고
꽃대처럼 허리를 흔들었다

얼른 앞서나온 애에게
갖고 싶은 것 하나는?
옷이라 했다
둘째는, ―피자 한 판
셋째는, ―남자친구
막내는, ―컴퓨터에다 머리를 긁적이며
핸드폰을 더했다

모두 우주비행사로 가슴 속 꿈을 꺼내 색칠하고 있었다
머지않아 달나라에 가서 살 거라며
넷이 한 패가 되어 곧 사라질 나를 따돌렸다

랄랄랄

만나서 반가운 사람, 옷깃을 여미고
따뜻한 말 한마디 건네주고 싶은 사람,
'밤새 안녕!', '사랑한다'는 말을 녹이고
웃음을 끼얹어 먹여주고 싶은 사람,
아침마다 오가며 만나는 그 아이

아침마다 이런 만남이 없다면 궁금증에 눌리고 가팔라
하루를 허무는 망치질소릴…, 난들 어쩔 수 없으리
부운 눈자위가 비틀대며 휘청거려도
우린 꼭 만나야할 한 줄기세포가 아닌가
안쓰러운 저 아이!
애들이 장애아라고 놀려대는 바람에
난, 너의 두둑한 언덕이 될 거야
넌, 아직 어리고 울적鬱寂하구나!
당장 오선지 속으로 랄랄랄 들어가
생글생글 웃어보자
나의 웃음손짓에도 아직은 메마른 얼굴인 네가
환히 밝아올 날을 향해
오늘도 눈을 감고 두 손 모은다

5부

하리와 하라

옷깃만 스쳐도 아름다운 꽃길이 될 수 있는
차안에서 어깨를 들썩이며 주위를 둘러보는 동안
갑자기 찌르는 한 여학생에 끌려
내 눈은 학생 명찰위에서 번쩍거렸다

'하리'보다 더 센 '하라'에
압도된 것이다
더욱이 성姓이 껴안은 뉘앙스의 강렬함은
그 패기와 잘 어울려 간절하게 와 닿았다

나는 몇 번이고 그 이름을 되 뇌이어 보다가
덥석 손을 잡고 학생의 이름을 불러 주었다
'전하라!', '전하라!'고 힘주어 불러주었다
그녀는 움찔 놀란다

내 음성이 어떻게 들렸을까?
하나님은 어떻게 부르셨을까?
학생의 아버지라면?

눈빛의 교감交感으로 무엇을 전하라는 건지
잘 알고 있었다
학생의 고개가 그렇게 끄덕끄덕 말하고 있었다
그리스도의 향기를 뿜어내고 있는 학생의 몸에는
전해야할 하늘의 편지들로 가득 차 있었다

꼭 전하라는 주님의 음성이 명찰 속에 꽉 차있었다

수술대 위에서

생사의 갈림길,
까마득한 먼 훗날 얘긴 줄 알고 있다가
바로 내 얘길 하고 있는 몇 장의 사진,
내 생을 판독한 의사 앞에
비켜가도록 몸부림 쳐 보았지만
마지막 남은 희미한 옷자락이라도 붙잡으려는 심정
방금 끌려들어간 수술대를 등에 지고
네가 그 난치의 중환자라면…?

수술대 위로
몹시 흔들리는 싸늘한 바람

수술대는 기도학교,
누우면 입학생이 되어
들어가서 눈을 감을 때나,
주마등처럼 깨어 들려져 나올 때도
의사는 의사지만, 전능자를 향한
입술을 물고 늘어지는 기도,
주님 사랑에 매달리며 잘 되도록 잘 되도록…

살려 달라고 살려 달라고…,
대놓고 불화같이 고함치기도 하고
은밀히 빌고 빌며 간절히 바라는,
나를 향한 온전한 그분의 치료의 손길
오직, 저린 가슴으로
그 손을 한번 잡아 보았으면

산통 _{產痛}

개미허리처럼 가늘고 싶었던 간절한 바람이
허사인 걸 알고 달항아리 하나 들어찬 해산달,
피가 비치고 이슬이 맺히더니 통증이 왔다
오 분 간격이면 병원 차례인데,
십 분 이십 분 들쑥날쑥하다

열 달 동안 아기의 얼굴과 가슴에 대고 살아온 딸애가
뜬눈으로 꼬박 밤샘을 하고도 모자라
앉았다 누었다 일어서기를, 허허벌판 맴돌 듯 하였다
온몸이 허기지고 지쳤으나,
이런 순간들이 머리채를 잡고 당기며 질질 끌고 있다
통증을 움켜쥔 지리멸렬함이여,
나는 두 손을 들고 하늘을 향해 소리소리 지르고
딸애는 두 눈을 감은 채 주름진 이맛살로
구름을 쪼아가며 햇살을 향해 헤맨다

언제쯤, 양수를 헤쳐 나올 달항아리 안아볼까
시계를 보며 시침時針을 아무리 돌려보아도 되감겨지는
하루를 달달 볶아 폭풍에 날렸다

날린 가루에 눈을 감고 통기타를 퉁겼다

아버지가 되고 할아버지가 된다는 것은
아내나 딸애나 며늘애가 이렇게 멀고도 긴,
무거운 두께로 내려누르는 진통의 구름 속으로 들어가
하늘의 음성을 붙들고 햇살 하나라도 붙잡는 거라고
하늘 무지개가 알려주었다

봉쇄 수도원

봉쇄 수도원에는 밖을 내다볼 수 없는
종신終身의 서원誓願을 걸고 찾아든 수녀만 있다
그 뒤뜰에는 그들의 찬란한 눈물병을 고아
골수와 함께 잠긴 무덤들이 있다

이곳에 온 첫날의 시험지는 제법 날카롭다
맨바닥에 길게 엎드린 채
십자가 형체로 죽는 거,
그 위로 한 송이 한 송이
꽃바람에 쌓인 십자가무덤,
불현듯 생生을 이별하고 일어나
더 이상 물러설 수도 무너질 수도 없고
살아 걸어들어 와서 죽어서도 나갈 수없는
길은 오직 하나

뒤뜰에 파놓은 흙구덩이 하나
육신을 벗고 그 너머로 열린 고향 길,
좁은 문을지나 맞닿은 주님의 나라
이 길 있기에, 이 외길 있기에

불붙은 마지막 소원 주님의 품안에 뛰놀며
기도의 혼쭐 심지에 불붙여 영성의 불꽃으로
묵상黙想과 관상觀想으로,
오늘도 세상을 밝히는 빛을 발하네

나는 노래를 부르고

뙤약볕 날씨 위를 걷고 있습니다
가로수 그늘만을 골라 발을 떼지만
모두가 그늘일순 없고,
건물이 빗금으로 짓는 그늘이
모두 그늘일수만은 없습니다
땡볕에 들춰져 오르막길을 걸었습니다
구름 한 조각이 펴주는 짧은 토막그늘,
톡 쏘는 그 맛도 누려보았습니다

잠시 쉬어갈까
벤치에 누어 하늘을 바라봅니다
은행나무 가지가 얼마쯤 내 몸을 덮고,
바람의 음률에 맞춰 흔들리고 있습니다
매미들은 저들의 노래로 분위기를 띄웁니다
수없는 부채질, 셀 수없이 많은 초록잎 부채가 살랑거
립니다
아까부터 빙그레 웃고 있는 낮달,
뒷걸음질 치며 땀방울이 눈 녹듯 사라져갑니다

그늘 속 품안에 잠겨 가슴 튕기면
나도 몰래 노래가 샙니다
주님의 팔이 떠오르며
그분의 손끝에서 흘러나온 그늘로, 벅찬 가슴으로
반짝반짝 몸찬양 드리는 초록빛 잎새들
가지에 앉아 저들의 음악을 들려주는 새들도
내 마음속에 고요히 넘쳐 흐릅니다
나는 노래를 부르고,
그 누군가는 바이올린을 켭니다

검은 리본 십자가

땅이 뒤틀리고 흔들려
파멸이 휩쓸고 간 아이티의 프르토 프랭스,
세계인의 귀와 눈이 쏠려 자맥질합니다
건물이란 건물이 지하로 곤두박아 산산조각,
썩은 내 시신이 즐비하고
보름 만에 살려낸 곡괭이질은
샛별만한 기쁨이 되었습니다

펄펄 날아 그 어두움이 해를 가린 모래안개
집도 가족도 모든 것을 잃고
사망자도 헤아릴 수 없는 산지옥의
미쳐서 가랑잎처럼 떠도는 사람들,
고아가 된 아이들, 저들의 성난 파도가
땅을 덮고 하늘을 향해 치솟는데
하늘이여, 저들의 펴든 손을 잡아주소서
모래안개 어두움을 지워주소서

남은 자들이 주님 보혈의 십자가를 바라보며 세운
검은 리본의 십자가를 미쁘게 여기시고

죽은 자들의 영혼을 받아주소서
죽은 자와 산자들이 서로 부르며 부딪쳐 산산이 울리는
저들의 소원을 들어주소서
세계 모두가 주님의 마음으로
그 땅을 바라볼 수 있게 해 주시고,
회개하여 오직 믿음으로 바랄 수 없는 것을 바라며
기쁨으로 도움의 손길을 펼 수 있도록 은혜 주옵시고
주님이 다스려 빠른 치료와 회복이 있게 하여 주옵소서

하늘 문이 열리고

한도 끝도 없는 허공에 빠져
난 지금 걷고 있다
파란 물감이 밴 하늘바다에 빠진 신비
머리를 쳐들수록 부끄러움만 떠올라
윤동주 시인을 불러본다
앞선 것들은 지나가고 새로 태어나는 생명들
그 누구라도 하늘만은 지울 수 없고 버릴 수 없는
귀를 대고 그 세밀한 속삭임 듣고 싶어라
지금 바람처럼 떠도는 난…,

진흙탕 파도에 허우적대던 기둥마저 쓰러지고
허공을 붙잡으며 아우성치는 손들이 보인다
세간은 쓰레기더미 속에 넉살좋은 곰팡이 밥이 된지
오래다
세월을 두고 그랬듯이
눈만 뜨면 겹쳐진 상처로 폭우는 더 세차게 밀어붙이
고 있다

달빛 별빛 지나 햇빛 주시고 달래시는

내 발걸음 내려다보시는 그분의 환영幻影

뭉게구름 초상화로 그려주신다

대박처럼 황홀경에 빠진 기염氣焰도 잠시뿐

천둥처럼 내려오는 분뇨糞尿, 열두 살 때 칼 융*이 보았
다던

새로 수리한 바젤성당 지붕위로 쏟아진 똥 덩어리

지붕뿐이랴 벽까지 와르르 무너지는 그 위력위로

하늘 문이 열리고 그분의 보좌가 보였다

오호 주님, 왜 이런 모습을 보여 주시는지요

* 칼 융 : 스위스의 정신과 의사 겸 분석심리학 창시자

| 해설 |

생이 다 닳도록 꿈꾸는 사랑과 노래

최 광 임(시인 · 창신대 겸임교수)

1. 생이 다 닳도록 꿈꾸는 사랑

85세의 나이지만
세계가 잊지 않고 초청하고 찾아온다.
감사하고 보람 있는 생애다.

이 글은 고 김대중 전대통령이 쓴 일기의 후반부이다. 내용인 즉은 노쇠한 자신을 잊지 않고 찾아주는 세계에 대해 감사하기에 앞서, 그렇게 살아온 자신의 삶이 고맙다는 것이다. 바꾸어 말하면 몇몇 지인이 아닌, 이웃이 아닌, 한 국가가 아닌 세계로부터 인정받는 자신의 삶에 만족한다는 뜻이 된다. 그를 좋아하든 좋아하지 않든 누구라도 이 글을 읽으며 지극이 사소하고 인간적인 모습에 친근감을 느꼈을 것이며, 과연 사람이 산다는 것은

무엇이며, 어떻게 살아야 하는가에 대한 자그마한 답이
되었으리라 생각한다.

인간에게는 수많은 욕구가 있다. 어쩌면 인간 존재가
치의 확인이란 이 욕구의 표현 혹은 충족에 있다 해도
과언이 아니다. 미국 심리학자 매슬로우는 이러한 인간
의 욕구를 대략 5단계로 나누어 구분하고 있는데 그 첫
번째로 식욕, 성욕, 수면욕 등을 들고 있다. 나아가 개체
생존의 안전에 대한 욕구와 사회에 귀속되고자 하는 심
리는 물론 명예욕과 타인에게 인정을 받으려는 욕구로
까지 연계된다. 그 중 마지막이라 할 수 있는 다섯 번째
욕구로는 자기실현의 욕구로 최고의 인간 존재가 되고
싶다는 강렬한 내적 의지의 발현이라 할 수 있다.

바로 고 김 전대통령도 이러한 욕구 중 마지막인 자기
실현의 욕구에 만족했던 것이다. 그러기까지는 자아 혹
은 세계에 대해 부끄럽지 않을 만한 삶을 살았다는 것에
대한 획고한 신념이 있어야 할 것이다. 그것은 자신으로
부터 생기는 것만이 아닌 외부로부터의 존숭이 힘께 할
때 가능한 것이 된다. 이러한 욕구의 실현은 자타가 공
인하는 삶을 살아낸 한 국가의 대통령이었기에 가능한
것만은 아니다. 인간이라면 누구나 갖고 있는 일반 심리
라는 데 생각의 여지를 둘 필요가 있다. 김 전대통령의
일기가 독자에게 감동을 준 것은 앞서 언급한 것처럼 지
극히 사소하고 인간적인 보편적 심리의 발현에 있다는

것이다.

정리하자면 인간의 행복은 개인의 안위와 영달에만 있는 것이 아니라 세상의 모든 것을 사랑할 때, 최소한 사랑하고자 할 때 더 크다는 뜻이 된다. 시집 해설을 쓰면서 이렇게 장황설을 하는 이유는 바로 칠순의 나이에 첫 시집을 내는 박무성 시인의 시집 속에 앞서 말한 의미가 담겨 있기 때문이다. 삶의 의미를 천착했을 때 느끼게 되는 행복이란 비범한 이의 삶에나 있는 것이 아니라 필부의 삶에도 자기실현의 욕구에 대한 아름다움이 충분히 용해되어 있다는 것을 말하고자 함이다.

우선 작품부터 보기로 하자.

둑길 따라 신호등 넘어 줄곧 오르면
시내버스 터미널에 닿지요
그길 위로 아침마다 피어나는
할미꽃 한 송이 피었다가 곧장 사라지네요
연두색 조끼로 갈아입기가 무섭게
비와 쓰레받기를 들러 메고
구석구석 처박힌 쓰레기며 사람들이 흘려버릴
쓰레기까지 다독거리며,
길거리 주위에 꽃씨를 뿌리네요
햇살을 송송 쓸어 넣고 단물을 주네요
그 예쁜 손때 묻은 호미질,
봉선화꽃물 곱게 깃든 연분홍 손톱으로

그분이 잘 가꿔놓은 삶의 화원을 거닐어 보지요

나이는 숫자에 불과해요
이마에 송송 솟는 구슬 땀방울,
지나가던 햇살이 박수를 치며 찬미를 올리네요
날마다 아름다운 환희가 예쁘게 번져 곱게 물들어가네요
–「할미꽃 한 송이」 전문

위의 시는 청춘과 아름다움의 심벌마크라 할 수 있는 '꽃'의 상징성이 두드러진다. 그런데 탐스러움이나 아름다움과 정열의 상징인 칸나나 장미와는 대조적인 꽃이다. 이 점이 바로 박무성 시의 힘이자 아름다움이라 할 수 있다. 흔히 볼 수도 없거니와 보인다 해도 눈여겨보는 이 드문 '할미꽃'을 시적 대상으로 삼았다는 것은 그의 시심이 향하고 있는 곳을 가늠할 수 있겠기 때문이다.

그런 작품 속 할미꽃은 "나이는 숫자에 불과해요" "구슬 땀방울"을 흘리며 젊은이 못지않은 열정으로 "삶의 화원"을 가꾼다. 그로 인해 "그분"의 손이 거쳐 간 곳은 "날마다 아름다운 환희"가 번져 마침내 세상을 물들게 한다는 것이다. 화자는 둑길에서부터 시내버스 정류장 구간의 청소를 도맡아 하는 나이 먹은 청소부 아주머니와 출근길에 매일 같이 마주하는 모양이다. 궂은일을 하는 그 청소부 아주머니를 통해 보잘 것 없는 작은 아름

다움이 얼마나 위대한 세상을 만들고 정화시키는 가를
깨달은 화자는 청춘의 아름다움이야말로 이런 것이 아
닌가,라고 역설하고 있는 것이다.

　박무성은 시심의 눈을 밝은 것, 즐거운 것, 큰 것과
위대한 것에 두는 것이 아니라 작고 왜소한 것, 하잘 것
없는 것, 낮은 것, 어두운 것, 힘든 것에 둠으로써 그것
들(「무지개를 건 사나이」「으악, 퉤」「뒷짐 노부부」「숨소
리 하나」「랄랄랄」 등등 과반수 이상의 작품)의 의미를
부각시킨다. 박무성에 의해 의미를 부여받은 것들은 새
롭게 거듭남으로써 독자로 하여금 세상을 환기하게 만
든다.

　　　쌀 잡곡 일생 중에서, 마지막
　　　제물이 되어 풍기는 향기
　　　성급하게 밥솥 틈새로 기어 나와
　　　따끈따끈한 소식을 풀고
　　　기뻐, 나불나불 춤 춘다

　　　아내는 한참을 더 기다린다
　　　드디어 주걱질이 시작되고 그 손끝에서
　　　모락모락 김이난다
　　　주방에서 거실로 방방마다
　　　흩어진 식구 자꾸만 불러들이는
　　　밥 향기 소리

식탁에 둘러앉은 낯빛을 찬찬히 챙겨가며
코끝에서 들숨의 줄을 잡고, 기다렸다는 듯이
입안을 넘어가며 씹힌 밥알과 섞여
목숨을 살아내는 힘의 끈기로
생生이 다 닳도록 사랑을 꿈 꾼다

- 「밥 냄새」 전문

위 시 또한 아주 작은 것의 위대한 힘을 이야기 하고 있다. 먹고 살기가 넉넉해진 우리 사회는 더 이상 '밥 냄새' 따위에 목숨 걸거나 고마워하지 않는다. 그리하여 우리 모두에게 무감각한 냄새이며 더 이상 귀하지 않은 냄새이다. 그러나 박무성의 시심은 그 하찮은 냄새를 재조명함으로써 냄새의 가치를 새삼 환기시킨다. 다름 아닌 "생이 다 닳도록 사랑을 꿈"꾸는 숭고한 아름다움이 어떤 것이며 어떻게 이루어지는가를 일깨워 주는 것이다. 즉 "마지막/제물이 되어 풍기는 향기"의 목적은 결국 "생이 다 닳도록 사랑을 꿈"꾸기 때문이라는 것인데 이는 앞서 서술해 온 자아실현을 꿈꾸는 자의 삶의 의지로 치환 확대시키는 것과 동일한 자격을 갖는다.

누구나 삶이 힘들지 않은 이는 없다. 그렇기에 대부분 첫 시집은 자전적 요소를 띄는 성향이 짙다. 박무성 시인 또한 칠십 평생을 살아오면서 고락이 없었을 리 만무하다. 그럼에도 웬걸, 그의 시집 속에는 전쟁에 대한 메시지와 유소년기의 몇몇 추억을 제외한 나머지 개인사의 글은 적은 셈이다. 대신 생의 근원과 그에 대한 긍정적인 인식을 가진 아름다운 이들의 삶을 대신 노래하고 있다. 또 사회가 사회답지 못하고 사람이 사람답지 못한 세태에 대한 통렬한 비판의식과 지구를 병들게 한 인간의 오만함에 대한 카랑카랑한 나무람에 이르기까지 박무성의 시는 궂은 자리, 낮은 곳, 버려진 것들에 대해 노래한다. 이 노래는 이십 대 못지않은 왕성한 혈기와 꺼지지 않는 불꽃같은 열정을 담고 있다.

그러고 보니 그가 처음 들고 온 원고 뭉치는 시집의 제목도 '~같은 불꽃'이었으며, 각 부의 소제목도 '삶에 대한 불꽃' 등등 온통 뜨거운 '불꽃' 세상이었다. 다시 말해 자신의 삶이나, 타인의 삶을 다 '불꽃'이라 표현했던 것이다. 그만큼 박무성은 세상에 대한 뜨거운 사랑으로 가득하다 말할 수 있다.

앞서 말해 왔듯이 예술의 본령은 높고, 즐겁고, 다 가진 것들에 대한 행복을 노래하는데 있는 것이 아니라 이루지 못한 것, 잃어버린 것, 상한 것, 낮은 것들에 대한 슬픔을 위무하는데 있다. 그럼으로써 힘겨운 이 시대에 상생하는 삶의 힘의 원천이 되게 하는 것이다. 이러한 점에서 박무성의 시는 개인의 행복을 넘어 보다 더 큰

사랑의 실천을 꿈꾸고 있다 할 것이다. 이 점이 바로 서
설에서 고 김전대통령의 일기를 인용한 이유이기도 하
다. 각기 다른 자격으로 각자의 몫만큼 세상을 사랑하는
마음을 엿볼 수 있겠기 때문이다.

　그렇다 하여 그의 시가 시적 형식과 작품의 완성도를
벗어나 어떤 정황만을 진술하거나 토로하는 것은 아니
다. 시란 모름지기 시적 대상의 리얼리티에 있는 것이
아니라 시적 비의秘義에 있다 하겠다. 다음의 시를 보기
로 하자.

　　　바람도 울고 싶을 때가 있다
　　　제 안에서 울고 있는 소리를 참지 못해 밖으로 내밀고
　　　가까운 산으로가 아무데나 널려있는
　　　솔가지 부둥켜안고 울어댄다 엉엉
　　　소리소리 질러도 모자람에 바다가 놀라 요동친다
　　　비바람 폭풍우는 눈시울을 파묻고
　　　눈물범벅 된 얼굴을 닦는디

　　　바람도 울고 싶을 때가 있다
　　　몰려오는 슬픔을 참느라, 멀리 어디론지 달려 나가
　　　당도한 사막의 구석에
　　　털썩 주저앉아 발버둥 쳐 본다
　　　뿌연 모래먼지가 인다
　　　지구촌 곳곳에서

　　　　낮 뜨거운 사람들의 아우성 빗발친다
　　　　　　－「바람도 울고 싶을 때가 있다」 전문

　이 시 또한 시적 대상에 새로운 가치를 부여하는 박무성의 시심이 잘 드러나 있다. 「밥 냄새」처럼 평소 우리는 바람을 대기 중에 존재하는 공기나 햇빛과 같은 것으로 여겨 그것의 쓸모와 존재에 대해 무감각하다. 바람이 존재하지 않는다면 우리는 세상의 꽃을 볼 수 없을 것이며 열매를 따 먹을 수 없게 될 것이다. 벌과 나비만이 꽃을 피우고 열매를 맺게 하는 것이 아니기 때문이다. 또한 "이마에 송송 솟는 구슬 땀방울"(「할미꽃 한 송이」)을 씻어내지도 못할 것이다. 그럼에도 비닐하우스 속에서 꽃을 피우고 열매를 맺게 하고 에어컨과 온풍기로 대신하는 현대는 바람의 가치를 인정하지 않는다. 세상에서 가장 슬픈 일은 그 어떤 것으로부터 소외되는 일이며 인정받지 못하는 것이다. 시 속의 바람이 바로 그 상황이다. 그것은 곧 울음이거나 혹은 분노가 되어 그 울음의 원인과 분노의 원인이 되었던 것들에게로 되돌아오게 된다. 인정받지 못하고 대접받지 못한 노동자가 파업을 하게 되면 그 회사의 자산이 줄게 되며, 이 사회로부터 소외된 민중이 분노하게 되면 현 체제의 사회를 전복시키듯이 바람에 대하여 무감각으로 일관한 우리에게 되돌아온 것은 '쓰나미' 같은 해일이며 지구촌 곳곳에서 일고 있는 죽음의 공기 '황사' 현상이다.

　이렇듯 박무성은 시를 통해 비의에 천착하고 그것을 형상화 하는 능력을 갖추고 있다. 그의 사려 깊은 시심은 단순한 시적 대상의 이미지만을 형상화하는 것이 아니라 단순한 바람에서 지구의 환경 문제로 인한 대재앙의 무서움을 에둘러 담아내고 있는 것이다. 그리하여 "낯 뜨거운 사람들의 아우성"에 카랑카랑한 나무람의 메시지를 전달한다.

　이러한 시인의 눈은 비단 현재의 삶을 예리하게 조각하고 재편하는 것만은 아니다. 우리는 지금까지 박무성의 폭넓은 사랑의 시선이 자아를 확장하고, 확립된 시적 세계관을 탐색해 보았다면 다음을 보기로 하자.

2. 나는 노래를 부르고

　하고 많은 일들 중에서 하필이면 시를 쓰고 왜 시를 읽는가. 그것은 앞서 반복해 온 자기실현이라는 욕망 때문일 것이다. 여기서 말하는 자기실현이란 통속적인 의미의 페르조나(탈)를 말하는 것이 아니다. 다시 말해 성인, 군자 같은 비범한 사람만이 할 수 있는 것이 아니며 남의 뒷자리를 치워주는 청소부, 저자거리에서 물건의 가격을 외쳐대는 장사꾼 등 어떠한 필부도 가능한 일이다.

그저 '~로 하여금 ~로' 만드는 일이라고 생각하면 된다. 이는 '자기다운'이란 말로 대체 가능할 수 있겠다. 여기서 '자기'란 의식과 무의식을 통튼 하나인 그의 전부이다. 이것을 자기원형이라 하는데 자기원형이 사회와 만나 충실하게 자기다운 모습을 갖추는 것을 자기실현이라 이른다.

다시 말해 '노인으로 하여금 노인으로' '청소부로 하여금 청소부로' '평화주의자로 하여금 평화주의자로' '한국인으로 하여금 한국인으로'라는 말이 되는 셈이다. 쉽게 생각해 가장 자기다운 것이 무엇이며 어떻게 하는 것이 자기다울 수 있는지를 탐색하고 그것을 실천하는 것쯤으로 생각하면 된다. 그 명제가 확실해진 이는 그것에 맞는 삶을 살아갈 때, 혹은 살았을 때 자기만족은 물론 타인들로부터 존중받게 되고 비로소 자기를 실현했다, 라고 할 수 있는 것이다.

그렇다면 박무성이 꿈꾸는 자기실현은 무엇이었을까. 굳이 묻지 않아도 제일 먼저 하나님의 아들로 사는 일이라는 것은 모두가 아는 일일 터이다. 그러므로 '믿음으로 하여금 믿음으로'라는 종교의 이야기는 뒤로 하고 어디까지나 시집 속의 박무성을 '인간 박무성으로 하여금 인간 박무성으로'라는 관점에서 탐색해 보기로 하자. 그래봤자 어차피 박무성 시인이 꿈꾸는 첫 번째에 도달하게 될 것이기도 하지만 말이다.

여기서 잠깐 언급하자면 박무성이야말로 진정한 시인
이라는 지칭이 가능하다. 하나님에 대한 독실한 믿음을
가진 사람임에도 불구하고 작품 속에 그 믿음을 강요하
고 있지 않기 때문이다. 이는 작품을 작품으로 읽을 수
있게 하는 힘을 발휘하게 되는데 그 한 작품, 한 작품의
시적 대상과 충만한 사랑으로 동일화를 진술하고 이미
지화함으로써 결과적으로 하나님의 크고 넓은 사랑을
실천하는 역설적 효과를 빚어내고 있기 때문이다.

　다시 본론으로 돌아와 시인 박무성이 자기실현의 방법
으로 선택한 시를 탐색해 보기로 하자. 그것은 다름 아
닌 인간의 본성인 낭만성에 입각한 예술 감각의 표출이
라 하겠다.

　　아침에 일어나니 어둑어둑 깡마른 흙밭 길을 건너
　　정겨운 휘파람 소리,
　　밤새 쏟아진 별빛들의 속삭임
　　작디작은 싸라기 같은 꽃잎들 기척도 없이
　　겹겹 황색바람을 일으켰다

　　눈을 크게 뜨고 그 바람을 마셨다
　　마음 맑아져 널려 있는 노란 물을
　　얼굴에 대고 눈 씻고 귀 씻었다

하늘을 떠밀고 가는 구름도 노랗다
오늘 아침밥은 참외처럼 단내가 난다
스멀스멀 번진 노란 불꽃에
석쇠를 올려놓고 젓가락질을 한다

산수유 꽃잎의 작은 입술들 눈앞에 아른대며
바람에 흔들리는 입맞춤 그리워
노란 나비의 간지러운 날갯짓으로 꿈틀 댄다
ㅡ「산수유 골짝 마을」 전문

이 작품은 박무성의 대표작 중의 한 편이라 해도 손색이 없을 만한 수작이다. 폭넓은 상상력이 탁월하다. '노랗다'라는 색깔에서 출발한 상상의 이미지가 등가를 이루는 것들은 '별' '싸라기 같은 꽃잎' '노란 물' '황색바람' '노란 구름' '참외' '불꽃' '노란 나비' 등이다. 이것은 다시 행동의 주체로 부각되는데 "겹겹 황색바람을 일으켰다" "얼굴에 대고 눈 씻고 귀 씻었다" "석쇠를 올려놓고 젓가락질을 한다" "노란 나비의 간지러운 날갯짓으로 꿈틀 댄다"는 활동성으로 확장된다. 박무성의 여러 시편이 그렇듯이 '산수유꽃'에서 시작한 시적 의미가 '마을'로까지 확장되는 셈이다. 이는 「할미꽃 한 송이」에서와 같이 국소적인 '번짐'의 효과가 '물듦'으로 확대해 전체화 되는 효과와 같은 선상에 있다.

또한 좋은 시의 조건 중의 하나라면 시에서 나이를 가늠할 수 없을 때이다. 페르조나를 벗어던지고 진실로 무엇다운, 그 무엇다운 것과 충실하게 만나야 한다. 선생이라는, 장로라는, 칠십이라는 자아에 덮어씌운 페르조나를 벗고 시적 대상과 소통하는 순간의 감과 흥으로만 만나야 그것의 실체와 동일화를 꾀할 수 있겠기 때문이다.

특히 "오늘 아침밥은 참외처럼 단내가 난다/ 스멀스멀 번진 노란 불꽃에/ 석쇠를 올려놓고 젓가락질을 한다" 같은 시적 표현은 박무성의 이미지 형상화 능력에 놀라움을 금할 수 없다. 이러한 표현은 그의 몇몇 시를 보석처럼 빛나게 하고 있다. "새들은 새끼를 들쳐 업고 날아간 듯/ 서둘러 떠난 빈자리,/ 나뭇잎들이 놀라 휘둥그레 두리번 댄다"(「둥둥」), "몇 푼어치 말로는 감당할 수 없는/ 침묵이 잠시 흐른다"(「햇살이 내 마음을 떠 본다」), "높이 날던 새가 앉았다 날아간 자리에서 꽃가루 난다/ 아름다운 향기도 날아, 우리가 마시고 취했던 깃은/ 영원히 내안에서 춤추리라"(「'미인새' 이신바에바에게」) 등, 이 밖에도 여러 시편에 산재해 있다.

이로 보아 박무성은 수십 년을 선생님으로, 장로님으로 살아오기에 앞서 타고난 시인이었다는 것을 짐작하기에 전혀 손색이 없다 할 수 있겠다.

박 씨가 심긴 후로
달빛은 지붕위에서 맴돌며
꿈을 꾸고 있었어요
이제나저제나 갸웃대던 그가
연신 붉은 혀로 침을 삭혀내고

새벽마다 이슬은 하얀 입김을 불어대며
입질만하다가
여름 아침 너무나 휘황해
뒤꿈치를 쳐들고
소리 없이 웅성대고 있었어요

그런데 웬 일이지요?
소복을 한 여인들이
아기를 감싸 안고
무릎 꿇은 채
하늘을 향해 날고 있어요
– 「박꽃」 전문

이 시 또한 시적 수사가 돋보이는 작품이다. 1, 2연은 자칫 에로티시즘을 연상케 하기도 하지만 3연에 이르러 성스러운 종교의식의 한 장면을 보듯 시 읽는 묘미를 갖추고 있다. 시 읽는 묘미 중 하나는 독자를 속게 하는데 있다. A를 이야기 한다고 생각했는데 B에 대하여 이야기했다는 것을 알게 되었을 때를 생각해 보자. 오랫동안 우리의 기억 속을 떠나지 않게 될 것이다. 즉 시적 의미의 반전과 청자의 사유와 충돌하게 되었을 때의 신선함과 긴장감은 시가 갖추어야 할 덕목 중의 하나이기 때문이다. "연신 붉은 혀로 침을 삭혀내고"와 "하얀 입김을 불어대며/ 입질만하다가"는 박 씨가 잘 자라기를 염원하는 마음이라고 보기 어렵다. '붉은 혀'와 '입질'이라는 말이 애틋한 염원을 담아내기보다 음흉한 마음의 하나로 생각하게 하는 것이다. 만약 평소 우리가 생각하는 '달빛'과 '이슬'의 밝고 순결함의 원형을 그대로 차용해 형상화했더라면 '박꽃'의 이미지는 부각되지 않았을 것이며, 그저 그렇고 그런 작품으로 전락하고 말았을 수 있다. '달빛' '이슬' '박꽃' 이란 세 종류의 이미지는 순결함, 고귀함 등의 원형인 탓이다. 그러한 원형의 이미지를 전복시켜 '박꽃'에만 의미를 부여한 것이다. 이러한 점은 시인이 의식하고 시를 썼든 그렇지 않았든 타고난 시적 수사를 발휘했다고 보아도 무방하겠다.

12월 중순
길가 담벼락에 기댄 두 노인,
얼굴에 묻은 찬바람 털어내며
두어 모금 햇살에 몸 추스르고 있다
오전 내내 방에서 끙끙 적막寂寞을 차고

기어 나온 발길질의 흔적 미처 지워지지 않은 채,
얼마전만해도 그늘을 풀어 놓고 몸 담갔던 그곳에서
말랑말랑해진 햇살 한 모금씩 발라먹고 있다

눈앞에 보이는 아파트 정원 한 모퉁이
요즘 아이들이 눈 밖에 두고 있는 탓일까?
한 노인의 시선은, 줄곧 감나무의 홍시에 있다
감잎은 떨어지고 그보다 훨씬 무거운 알몸들이
가지 끝에 매달린 달랑달랑한 목숨
아직도 삼십 여개 서로 눈치 보며 두리번 댄다
이들과 마주친 노인은, 두 눈 가득히 홍시를 넣고
오물오물 씹는다
옛날 서릿발에 차인 홍시가 독 속에서 독경을 하며
코흘리개 배꼽 두둑하게 부추겨 주던
그 맛으로 돌아가 이를 핥고 있다

다른 한 노인의 시선은 그 아래 울타리에 얹혀 있다
철모르고 핀 장미꽃 한 송이,
얼굴 가린 손가락 사이로 입술 붉게 타올라
삼삼하게 눈꺼풀 씌웠던 십대시절의 심장이
가냘프게 쿵쾅대며,
뗄 줄 모르고 접붙여져 있다

—「담에 기댄 두 노인」 전문

앞서 누누이 강조해 왔듯 박무성 시의 특성은 낮고,

하잘 것 없고, 늙고, 왜소한 것들을 불러내어 그것의 의미를 재인식시키고 거듭나게 하는 데 있다. 이 시 또한 노인=홍시=장미가 있는 시적 공간은 "길가 담벼락"과 그 주변이다. 더욱이 길가의 담벼락은 "얼마전만해도 그늘을 풀어 놓고 몸 담갔던" 곳이다. 그러나 이제 "오전 내내 방에서 꿍꿍 적막을 차고/ 기어 나온 발길질의 흔적 미처 지워지지 않은 채"로 있다. 그것도 "그늘을 풀어 놓던" 위치의 노인에서 이제는 "말랑말랑해진 햇살 한 모금씩 발라 먹"는 신세가 된 것이다. 제 위치에 있지 않는 것은 노인뿐만이 아니다. 홍시나 장미 역시 시간성을 벗어난 위치에서 공간의 한 일부를 이루고 있다. 부조화의 조화를 통해 이들의 의미를 부각시키고자 함이다. 그 자연스럽지 못한 것들을 아무도 눈여겨보지 않는다. 오전의 적막이 채 지워지지 않은 채로 있다는 진술로 보아 두 노인의 신세도 홍시나 장미와 별반 다를 것이 없다. 노인 또한 담을 이루는 하나의 정물일 뿐인 것이다. 더욱이 정황상 함께 앉아있는 노인끼리도 각기 다른 곳을 응시하고 있다. 따라서 12월 중순의 시간은 바람 적은 곳이라 해도 해바라기하기에 적합하지 못하다는 것을 상기한다면 이들이 가족으로부터 혹은 주변으로부터의 소외를 짐작하고도 남는다. 아울러 "감잎은 떨어지고 그보다 훨씬 무거운 알몸들"로 표현함으로써 삶이 위태롭고 버거움을 비유하고 있기까지 하다.

그러나 박무성은 단순히 그들의 소외감을 드러내는 것
에 그치지 않는다. 놀랍게도 그들은 적막 속에서도 긍정
적인 힘을 발휘하고 있다. 바로 '붉다'라는 상징성을 통
해 청춘의 한 때를 기억하고 위로삼고 있는 것이다. 어
찌 생각하면 서글프기 짝이 없는 풍경이지만 홍시와 때
늦은 장미 또한 노인의 시선을 받고 노인들은 이것들에
게서 추억의 한때를 떠올리며 현재의 고단함을 잊을 수
있도록 하는 어우러짐의 장으로 승화시킨다.

　바로 박무성의 시의 힘이라 할 수 있겠다. 인간 본연
의 낭만성과 시적 대상과의 조우를 통해 그가 노래하고
싶었던 것은 이 '어우러짐' 다시 말해 '물듦'으로 하나가
되는 것이었으리라 짐작된다. 그것이 바로 자기원형이
었을 것이며 자기실현화 과정이었을 것이라고 짐작한
다. 그의 생이 다 닳도록 꿈꾸는 것은 바로 시의 노래를
통한 이웃에 대한 사랑의 실천임을 짐작케도 한다.

　박무성 시인이 원고 뭉치를 들고 글쓴이와 만났을 때
한 말이 떠오른다.

　"칠십에 첫 시집을 냈으니 팔십이 될 때까지는 세 권
의 시집이 될 겁니다."

　놀라운 열정이 아닐 수 없다. 세상을 바라보는 그의
시각과 생각됨이 그렇게 되고도 남으리라 믿어 의심치
않는다. 오래오래 건강하시길 바라며 부디 많은 이들이
아끼는 시집이 되길 기원한다.